Cúchulainn

GW00458128

Declan Collinge

Illustrated by
Nicola Sedgwick

RED STAG

Published by Mentor Books Ltd
www.mentorbooks.ie

Published in 2018 by:
RED STAG
(a Mentor Books imprint)
Mentor Books Ltd
43 Furze Road
Sandyford Industrial Estate
Dublin 18
Republic of Ireland

Tel: +353 1 295 2112 / 3
Fax: +353 1 295 2114
Email: admin@mentorbooks.ie
Website: www.mentorbooks.ie

A CIP catalogue record for this title is available from the British Library.

ISBN 978-1-912514-08-3

Edited by: Nicola Sedgwick

Visit our website: www.redstag.ie
                      www.mentorbooks.ie

Fadó in Éirinn nuair a bhí Conchubhar Mac Neasa ina rí, rugadh mac do Dheichtire, deirfiúr an rí. Tugadh Setanta mar ainm ar an bpáiste sin. Cé go raibh athair altrama aige, ba é Lugh, duine de na Tuatha Dé Danann, a athair fíor. Daoine draíochta ba ea iadsan a raibh cumhachtaí draíochta acu. Bhí Setanta níos láidre, mar sin, ná na buachaillí eile agus ba throdaí fíochmhar é freisin.

Ba bhreá le Setanta a bheith ag úsáid a shleá agus ba bhreá leis a bheith ag iomáint. Bhí ar a chumas an sliotar a bhualadh i bhfad uaidh agus breith air fós trí rith níos tapúla ná an sliotar féin.

Ba é a mhian a bheith mar bhall de Mhacra an Rí Conchubhair – buíon buachaillí a bhí ag traenáil le bheith ina laochra.

Long ago in Ireland when Connor Mac Nessa was king, a child was born to Deichtire, the king's sister. That child was called Setanta and, although he had a foster father, his real father was Lugh of the Tuatha Dé Danann. These were a race of fairy people who had magical powers. This meant the boy Setanta was stronger than other boys and he was also a fierce fighter.

Setanta loved to use his spear and he loved to play hurling. He could hit the sliotar a long distance and still catch it by running faster than the sliotar itself.

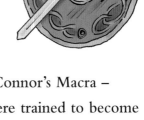

His one wish was to be a member of King Connor's Macra – a troop of boys who were trained to become warriors.

Lá amháin tháinig Setanta go hAlmhain mar a raibh cónaí ar a uncail, Rí Conchubhar. Chonaic sé baill den Mhacra ansin ag iomáint. Ghlac sé páirt sa chluiche ach níor iarr sé cead ar dtús. Bhí na buachaillí ar buile agus d'ionsaigh siad é.

Tháinig riastradh ar Shetanta. D'fhág sin gur aistrigh agus gur fhás a chruth go ndearnadh laoch fíochmar de. Throid sé aniar agus, laistigh de chúpla nóiméad, fuair sé an ceann is fearr ar na buachaillí.

Bhí an Rí Conchubhar ag féachaint amach fuinneog a dhúin. Thuig sé ansin gur buachaill thar chách a bhí ina nia agus go ndéanfadh sé laoch breá.

One day Setanta came to Navan Fort where his uncle, King Connor lived. There he saw some members of the Macra playing hurling. He joined in the game but he did not ask permission first. The boys were angry and they attacked him.

Setanta had a riastradh or battle fury. This caused his whole shape to change and he grew in size to became a furious, terrifying warrior. He fought back and, within minutes, he had beaten all the boys.

King Connor was watching from the window of his fort. He knew then that his nephew was special and that he would be a great warrior.

Bhí gabha breá ag an Rí Conchubhar. Culann b'ainm dó. Dheineadh sé claímhte agus sleánna don rí agus dá shaighdiúirí. Tráthnóna amháin bhí féasta á ullmhú ag Culann ina dhún. Bhí cuireadh tugtha aige don rí agus do na móruaisle eile go léir. Nuair a bhí an Rí Conchubhar ar a bhealach go dtí an féasta chonaic sé Setanta ag iomáint.

'Tá mé ag dul go dtí féasta i ndún Chulainn. Seans go mba mhaith leat teacht liom?' arsa an rí.

'Go raibh maith agat, a Mhórgacht,' arsa Setanta, 'ach críochnóidh mé an cluiche ar dtús agus ansin leanfaidh mé orm i do dhiaidh.'

King Connor had a fine blacksmith named
Culan. He made swords and spears for the
king and his soldiers. One evening Culan
was having a feast in his fort. The king and
other noblemen were all invited. When King
Connor was on his way to the feast he saw
Setanta playing hurling.

'I'm going to a feast in Culan's fort.
Perhaps you'd like to come with me,' said the
king.

'Thank you, your Majesty,' said Setanta, 'but
I'll finish my game first and then I'll follow
on after you.'

D'imigh an rí leis agus, nuair a bhí Setanta críochnaithe, lean air sé lena chamán agus sliotar. Fad a bhí sé ag siúl bhí sé ag bualadh an sliotair, ag rith agus ag breith air sular thit sé ar lár.

Díreach nuair a bhí sé ag teacht go dún Chulainn, chuala sé tafann agus drannadh ard. Go tobann chonaic sé gadhar mór fíochmhar ag tarraingt caol díreach air.

Chonaic Setanta go raibh béal an ghadhair ar leathadh. Bhuail sé an sliotar lena chamán agus chuaigh sé díreach isteach i mbéal an ghadhair agus thacht é. Thit an gadhar fuar marbh ar an toirt.

Chuala Culainn an rírá agus amach leis as a dhún de ruathar.

The king went on his way and, when Setanta was finished playing, he followed on with his hurley and sliotar. As he walked along he would strike the sliotar and then run and catch it before it hit the ground.

Just as he was approaching Culan's fort he heard a loud barking and snarling. Suddenly he saw a huge, ferocious hound coming straight at him.

Setanta saw that the hound's mouth was open. He struck the sliotar with his hurley and it flew straight into the animal's mouth and choked him. The hound fell dead on the spot.

Culan heard the commotion and rushed out of his fort.

Rith an Rí Conchubhar amach sna sála aige. 'Rinne mé dearmad a chur i gcuimhne duit go raibh mo nia, Setanta, ag teacht. Is dócha anois go bhfuil an buachaill bocht maraithe ag do ghadhar,' arsa an rí.

Bhí an-ionadh ar an mbeirt fhear a fheiceáil go raibh Setanta beo fós agus an gadhar marbh ag a chosa. 'Is mór an mhíorúilt go bhfuil an buachaill seo beo ach cé a fhairfidh mo dhún anois nuair atá mo ghadhar marbh?'

Labhair Setanta amach: 'Tá an-bhrón orm go bhfuil do ghadhar marbh. Lig dom a áit a ghlacadh. Beidh mise mar ghadhar agat amach anseo agus déanfaidh mé do dhún a fhaire.'

Bhí Culann sásta agus, ón lá sin amach, d'fhair Setanta, an laoch óg, dún Chulainn. Is ar an gcaoi sin a glaodh 'Cúchulainn' nó gadhar Chulainn ar Shetanta.

King Connor rushed out on his heels.

'I forgot to remind you that my nephew Setanta was coming. Now the poor boy has probably been killed by your hound,' said the king.

Both were very surprised to find Setanta alive and the hound dead at his feet.

'It is a miracle that this boy is alive! But who will guard my fort now that my hound is dead?' asked Culan.

Setanta spoke up: 'I am very sorry that your hound is dead. Let me take its place. I will act as your hound and guard your fort.'

Culan agreed and, from that day on, Setanta the young warrior guarded Culan's fort. And so Setanta was called 'Cúchulainn,' or 'Culan's Hound'.

Nuair a d'fhás Cúchulainn suas ba é an laoch ab fhearr in Éirinn é agus an fear ba dhathúla freisin. Bhí mná na hÉireann faoi dhraíocht aige. Mar sin ba mhaith leis an Rí Conchubhar go bpósfadh sé agus go socródh sé síos. Chuir sé mórán ban in aithne do Chúchulainn ach níor chuir seisean suim i mbean ar bith díobh. Theastaigh bean a dhiongbhála uaidh.

Ba bhean an-álainn, an-chliste agus muiníneach í Éimear, iníon Forghaill. Lá amháin thug Cúchulainn agus Laeg, tiománaí a charbaid, cuairt ar Éimear. Shocraigh Cúchulainn ar í a thástáil nuair a labhair sé léi i dteanga aisteach. Bhí Éimear chomh cliste sin gur thuig sí gach focal uaidh agus d'fhreagair sa teanga aisteach chéanna é.

Chuaigh sí i bhfeidhm chomh mór sin ar Chúchulainn gur chuir sé ceiliúr pósta uirthi agus bhí sí sásta é a phósadh dá gcruthódh seisean go raibh sé ina laoch cróga.

When Cúchulainn grew up he was the best fighter in Ireland and also the most handsome man. All the women of Ireland were charmed by him so King Connor wanted him to get married and settle down. He introduced many beautiful women to Cúchulainn but he was not interested in any of them. He wanted a woman who was his equal.

Emer the daughter of Forgall was a very beautiful, clever and confident woman. One day Cúchulainn and his chariot driver, Laeg, went to meet Emer. Cúchulainn decided to test her by talking to her in a strange code. Emer was so clever she understood it completely and answered back in Cúchulainn's code.

Cúchulainn was so impressed he asked Emer to marry him and she agreed if he could prove to her that he was a brave warrior.

Ní raibh athair Éimear sásta in aon chor leis an gcleamhnas. Chuaigh sé go hUladh faoi bhréagriocht. Mhol sé don ógfhear dul go hAlbain chun breis traenála míleata a fháil. Ba mhian leis, i ndáiríre, go marófaí Cúchulainn thall ansin.

Nuair a bhí Cúchulainn thall rinne Forghall iarracht cleamhnas a dhéanamh idir a iníon Éimear agus Rí na Mumhan. Dhiúltaigh an rí dó mar bhí eagla air roimh Chúchulainn. Nuair a d'fhill Cúchulainn ó Albain dúirt Forghall leis nach raibh cead aige a iníon a phósadh. D'ionsaigh Cúchulainn a dhún. Mharaigh sé na laochra go léir agus i rith na troda thit Forghall de bhallaí an dúin agus fuair sé bás.

Phós Éimear Cúchulainn ó chruthaigh sé go raibh sé ina laoch cróga.

Emer's father was unhappy with the match so he went to Ulster to talk to Cúchulainn in disguise. He advised the young man to go to Scotland for further training as a warrior. Forgall secretly hoped that Cúchulainn would be killed over there.

When Cúchulainn was away Forgall tried to marry Emer to the King of Munster but the king refused as he was afraid of Cúchulainn. When Cúchulainn returned from Scotland Forgall told him that he could not marry his daughter so Cúchulainn attacked his fort. He killed all the warriors there and during the fighting Forgall fell from the walls of the fort and died.

Emer married Cúchulainn since he had proven himself a brave warrior.

Bhí an Bhanríon Méabh ina laoch i gCúige Chonnacht. Oíche amháin bhí sí féin agus a fear céile, an Rí Ailill, ag déanamh gaisce lena chéile as na rudaí breátha a bhí acu. Lean an comórtas ar aghaidh ar feadh i bhfad: nuair a luaigh Méabh airgead luaigh Ailill ór; nuair a luaigh Méabh brait chadáis, luaigh Ailill brait shíoda.

Ansin luaigh Ailill tarbh mór fionn a bhí aige, scoth a thréada. Bhí fearg agus éad ar Mhéabh mar ní raibh a leithéid de tharbh aici féin. Níos déanaí, d'iarr sí ar a teachtaire, Mac Róich, a insint di cá raibh fáil ar tharbh chomh mór sin.

'Tá tarbh níos mó fós ag Daire i gCuailgne, i gContae Lú. Seo é tarbh donn Cuailgne,' ar seisean.

Queen Maeve was the warrior queen of Connacht. One evening, she and her husband King Ailill were boasting to each other about all the fine things they owned. This contest went on for a long time: if Maeve said she had silver, Ailill said he had gold; if Maeve said she had cotton cloaks, Ailill said he had silk cloaks.

Then Ailill spoke of a great white bull he had, which was the pride of his herd. Maeve was angry and jealous because she had no such bull. Later she asked her messenger, Mac Roth, if he could tell her where to find as great a bull.

'Daire of Cooley in County Louth has an even greater bull. This is the brown bull of Cooley,' he said.

Chuir Méabh dúil a croí sa tarbh seo. Chuir sí Mac Róich chuig Daire i gCuailgne féachaint an bhféadfadh sí an tarbh a fháil ar iasacht uaidh ar feadh bliana. Thairg sí tréad bó agus roinnt talún dó mar chúiteamh.

Ar dtús bhí Daire sásta leis seo ach, níos déanaí, le linn féasta, chuala sé duine d'fhir Mhac Róich á rá, 'Is maith an rud é go raibh Daire sásta an tarbh a thabhairt dár mbanríon ar iasacht. Mura mbeadh thógfadh an bhanríon é leis an láimh láidir.'

Bhí Daire ar buile agus dúirt le Mac Róich agus a chuid fear, 'Má theastaíonn mo tharbh ón mbanríon caithfidh sí féin é a ghabháil mar ní scarfaidh mise leis.'

Maeve set her heart on this bull. She sent Mac Roth to Daire in Cooley to ask if she could have the bull on loan for a year. She offered Daire a herd of cattle and some land in return.

At first Daire agreed but later, during a feast, he heard one of Mac Roth's men say, 'It's as well Daire agreed to give our queen the bull on loan because, if he hadn't, the queen would have taken it by force.'

Daire was furious and he spoke to Mac Roth and his men:

'If your queen wants my bull then she better go ahead and take it herself because I'm not parting with it.'

Bhí Méabh ar buile nuair a d'inis Mac Róich di mar gheall ar ar tharla i gCuailgne. Thóg sí arm an-mhór agus mhairseáil go hUladh chun an tarbh donn a ghabháil. Is ar an gcaoi seo a tharla Táin Bó Chuailgne. Ba í an Chraobh Rua arm Chonchubhair Mhic Neasa. Ar aghaidh leo chun Uladh a chosaint ach go tobann buaileadh tinn iad le pianta nimhneacha. Cuireadh faoi dhraíocht iad.

Ní dheachaigh an draíocht i bhfeidhm ar Chúchulainn agus fágadh faoi féin agus an Macra, Uladh a chosaint. Maraíodh an chuid is mó den Mhacra sa troid, ach chosain Cúchulainn an cúige. Mharaigh sé na céadta de na laochra is fearr dá raibh ag Méabh. Ba é Fear Diad an curadh is fearr dá raibh ag Méabh ach ní raibh seisean sásta troid mar ba dhlúthchairde é féin agus Cúchulainn le blianta anuas.

Queen Maeve was equally furious when Mac Roth brought her the news from Cooley. She raised a huge army and marched into Ulster to take the brown bull. And so began the Cattle Raid of Cooley. The army of Connor Mac Nessa, who were known as the Red Branch Knights, marched to defend Ulster but suddenly the warriors all fell ill with terrible pains. A spell had been cast on them.

Cúchulainn was unaffected by the spell and he, along with the Macra, were left to defend Ulster. Most of the Macra were slain in the fighting but Cúchulainn defended the province. He killed hundreds of Maeve's finest warriors. Maeve's best warrior was Ferdia but he refused to fight as he and Cúchulainn had been close friends for many years.

Shocraigh Méabh ar an gcath a chríochnú trí chomhrac aonair. Roghnaigh Méabh Fear Diad mar churadh di chun troid ar son Chonnachta. Roghnaigh an Rí Conchubhar Mac Neasa Cúchulainn chun troid ar son Ulaidh.

Ba é an t-aon fháth gur throid Fear Diad lena chara ná gur thug Méabh achasán dó nuair a dúirt, 'Dar le Cúchulainn go bhfuil tú ag éalú ón gcath. Dúirt sé go raibh eagla ort troid leis i gcomhrac aonair.'

Thug an bheirt laoch aghaidh ar a chéile ar bhruach Abhainn an Níotha. Throid siad go fíochmhar ar feadh trí lá ach lig siad a scíth istoíche agus nigh siad a gcréachtaí.

Queen Maeve decided to finish the battle by single combat. Maeve chose Ferdia as her champion to fight for Connacht. King Connor Mac Nessa chose Cúchulainn to fight for Ulster.

Ferdia only agreed to fight against his friend Cúchulainn because Maeve taunted

him, whispering, 'Cúchulainn thinks you're hiding away from the battle. He said you must be afraid to fight him in single combat.'

The two warriors faced each other on the banks of the river Dee in Louth. They fought fiercely for three days but, by night, they rested and cleansed each other's wounds.

Lá arna mhárnach lean siad orthu ag troid agus bhí siad ar chothrom sa chomhrac. Ansin tholl Fear Diad cliathán Chúchulainn lena chlaíomh agus ghoin go dona é. Bhí Laeg, tiománaí charbad Chúchulainn, ag féachaint orthu agus chaith sé a shleá dhraíochta le Cúchulainn. Thug Cúchulainn fogha deireanach nimhneach faoi Fhear Diad agus chaith an tsleá leis. Tholl sí cathéide Fhir Diad agus thit sé marbh.

D'iompar Cúchulainn corp Fhir Diad leis agus leag sé ar lár é. Ghoil sé deora goirte dá chara agus chuir in aice na habhann é.

Faoin am seo bhí an draíocht ar ceal agus tháinig an Chraobh Rua ar ais chun cath a chur ar arm Mhéabh. Ruaigeadh ar ais go Connacht iad ach bhí Méabh sásta mar bhí tarbh donn Cuailgne gafa aici. Choinnigh sí an t-ainmhí seo faoi ghlas i gcró.

The following day they continued fighting
and they were equally matched. Then
suddenly Ferdia pierced Cúchulainn's side
with his sword, severely wounding him. Laeg,
Cúchulainn's charioteer, who was looking
on, threw Cúchulainn his magic spear. In a
final, desperate attack, Cúchulainn hurled the
spear at Ferdia. It pierced Ferdia's armour
and he dropped dead.

Cúchulainn carried Ferdia's body off and
laid it down. He cried bitter tears over his
friend and buried him by the river.

By this time the spell was broken and the
Red Branch Knights came back to do battle
with Maeve's army. They were driven back
into Connacht but Maeve was satisfied, as
she had captured the brown bull of Cooley.
She kept the bull locked up in a pen.

Ní raibh tarbh donn Cuailgne ró-shásta a bheith faoi ghlas. Thosaigh sé ag búiríl os ard. Bhí sé ag búiríl chomh hard sin gur chuala tarbh fionn Chonnachta é. Thug sé fogha faoin tarbh donn.

Agus an tarbh fionn ag druidim ina leith, bhris an tarbh donn as a chró agus throid an dá tharbh le chéile ar feadh lae iomláin. Nuair a d'éirigh an tarbh fionn tuirseach, sháigh an tarbh donn lena adharca é agus mharaigh é. Ansin d'ardaigh sé os a chionn é agus shiúil an bealach go léir abhaile go Cuailgne.

Bhí ionadh ar Dhaire nuair a chonaic sé an tarbh ag filleadh ach bhí an strus ró-mhór don ainmhí agus thit sé marbh ón iarracht. Sa chaoi seo fuair an dá ainmhí bás tar éis cogaidh fiochmhair idir Uladh agus Connacht.

The brown bull of Cooley was unhappy to be locked up. It began to bellow loudly. The bellowing was so loud that the white bull of Connacht heard it. He charged off to attack the brown bull.

As the white bull approached, the brown bull broke out of his pen and the two bulls fought it out over a whole day. As the white bull tired, the brown bull stabbed it with his horns and killed it. Then he lifted it up over his head and walked all the way back to his home in Cooley.

Daire was amazed to see him return but the strain was too much for the brown bull and he dropped dead from the effort. And so both animals died after a bloody war between Ulster and Connacht.

Bhí meas ar Chúchulainn in Uladh ach bhí an-chuid naimhde aige taobh amuigh den chúige, de bharr gur mharaigh sé mórán laochra ar fuaid na tíre. Lá amháin chuir asarlaí cumhachtach, darbh ainm Cailidín, comhrac ar Chúchulainn. Throid siad le chéile ach ba bheag éifeacht an draíocht i gcoinne Chúchulainn. Mharaigh sé an t-asarlaí. Go luath ina dhiaidh sin rugadh seisear páistí do bhean chéile Chailidín, triúr cailíní agus triúr buachaillí. Mhúin a máthair asarlaíocht dóibh agus iad ag fás aníos.

'Caithfidh sibh sásamh a bhaint as Cúchulainn as bhur n-athair a mharú agus draíocht a fhoghlaim chun é a mharú,' a dúirt sí leo. Is ar an gcaoi sin a d'fhoghlaim clann Chalidín draíocht.

Chuala an Rí Conchubhar Mac Neasa, mar gheall ar a ndrochrúin. Thuig sé go raibh Cúchulainn cróga go leor chun iad go léir a throid agus bhí imní air go marófaí é. Rinne an rí iarracht Cúchulainn a choinneáil uathu.

Cúchulainn was a hero in Ulster but, since he had killed so many warriors around the country, he had many enemies outside the province. One day Cúchulainn was challenged by a powerful sorcerer called Calatan. They fought but Calatan's magic was no match for Cúchulainn. He killed the sorcerer. Shortly after this, Calatan's wife gave birth to sextuplets, three boys and three girls. Their mother taught them sorcery as they grew up.

'You must make Cúchulainn pay for killing your father. You must learn magic and use it to kill Cúchulainn,' she told them. And so the children of Calatan learned magic.

King Connor Mac Nessa learned of their evil plans. He knew that Cúchulainn was brave enough to fight them all and he was worried that he would be killed. He tried to keep Cúchulainn away from them.

Thug an Rí Conchubhar cuireadh do
Chúchulainn teacht go hEamhain Macha
mar a raibh cónaí air. Rinne sé iarracht aigne
Cúchulainn a bhaint de Chlann Chailidín trí
spórt, ionas nach dtroidfeadh sé leo.

Rinne Clann Chailidín fuaimeanna an
chatha le draíocht áfach – na claímhte
ag bualadh le chéile, seitreach na gcapall,
screadaíl na bhfear – chun Cúchulainn a
mhealladh chucu. Ba ghearr gur ullmhaigh
an rí féasta mór, mar sin, mar a raibh ceol
agus scéalaíocht ard. Níor chuala Cúchulainn
fuaimeanna draíochta an chatha agus bhí sé
fós slán taobh istigh den dún.

Ansin, nuair a bhí na fuaimeanna draíochta
ag éirí níos airde, thóg an rí Cúchulainn leis
go gleann ciúin, áit nach raibh fuaim ar bith
le cloisteáil. Bhí Cúchulainn slán ansin go
fóill.

King Connor invited Cúchulainn to Navan Fort where he lived. He tried to distract Cúchulainn with sports so that he would not go to fight the Calatan sorcerers.

However, the sorcerers used their magic to make the sounds of battle – swords clashing, horses neighing, men screaming – in order to draw Cúchulainn out. So the king quickly organised a great feast where there was music and loud storytelling. Cúchulainn did not hear the magic sounds of battle and he remained safe inside the fort.

Then, when the magic sounds grew louder, the king took Cúchulainn off to a quiet valley where no sound could be heard. There, once more, he was safe.

Ansin chuir duine de mhná Chailidín cuma Niamh, cara Chúchulainn, uirthi féin le draíocht. Dúirt sí leis go raibh Uladh á ionsaí. D'ullmhaigh Cúchulainn a chuid arm agus ghlaoigh ar Laeg, tiománaí a charbaid. D'imigh siad leo de ruathar chun an cúige a chosaint.

Cleas ba ea é. Bhuail siad ansin le triúr deartháireacha Chailidín agus Lugaid, namhaid mallaithe Chúchulainn, a sheas rompu amach. Dúirt an chéad deartháir, 'Bí flaithiúil a Chúchulainn agus tabhair dom sleá leat.'

D'fhreagair Cúchulainn, 'Is fear flaithiúil mé. Seo dhuit.' Chaith sé an tsleá leis an deartháir agus mharaigh é.

Chaith deartháir eile sléa le Laeg ansin agus thit sé marbh ón gcarbad. Bhí Cúchulainn croíbhriste nuair a chaill sé a dhlúthchara.

Then one of the Calatan women used a
magic spell to disguise herself as Niamh,
a friend of Cúchulainn's. She told him
that Ulster was being attacked so he made
ready his weapons and called on Laeg, his
charioteer. They rushed off to defend the
province.

It was a trap. On the way they met the
three Calatan brothers and Lugaid, another
dangerous enemy of Cúchulainn, who stood
in their way. The first brother said,
'Be generous, Cúchulainn, and give me
one of your spears.'

Cúchulainn replied, 'I'm a generous man.
Here you are.' Then he flung the spear at the
Calatan brother and killed him.

The second brother now flung his spear
and struck Laeg, who fell dead from the
chariot. Cúchulainn was heartbroken at the
loss of his close friend.

D'iarr an dara deartháir Chailidín sleá ar Chúchulainn agus chaith sé leis ceann. Thit sé marbh ar an toirt. Tharraing Lugaid an tsleá amach as corp an dearthár agus chaith ar ais le Cúchulainn í. Níor bhuail sí é ach bhuail sí a chapall agus mharaigh é. Shil Cúchulainn deora bróin mar bhí an capall seo aige leis na blianta agus é go minic sa chath leis.

'An dtabharfaidh tú sleá dom, a Chúchulainn?' arsa an tríú deartháir.

'Seo dhuit,' arsa Cúchulainn agus é ag caitheamh na sleá leis, á mharú ar an toirt.

Tharraing Lugaid an tsleá amach as an deartháir eile agus chaith le Cúchulainn í. An babhta seo d'aimsigh an tsléa an sprioc agus ghoin Cúchulainn go dona. Siúd leis ansin agus na cosa ag imeacht uaidh go dtí loch in aice láimhe, chun deoch uisce a ól.

The second Calatan brother then asked for a spear and Cúchulainn flung one at him. He fell dead on the spot. Lugaid pulled the spear out of the brother's body and flung it back at Cúchulainn. It missed him but killed his horse. Cúchulainn cried with sadness since he had had this horse for many years and it had been in many battles with him.

'Will you give me a spear, Cúchulainn?' asked the third Calatan brother.

'Here you are,' said Cúchulainn as he flung the spear at him, killing him instantly.

Lugaid pulled the spear out of the other brother and threw it back at Cúchulainn. This time the spear found its mark and wounded Cúchulainn badly. He staggered off to a nearby lake to take a drink of water.

Tháinig breis dá naimhde mórthimpeall ar
Chúchulainn ach, cé go raibh sé ag fáil bháis,
bhí eagla orthu roimhe agus níor tháinig siad
i ngar dó.

Thuig Cúchulainn go raibh sé ag fáil bháis
ach níor theastaigh uaidh bás a fháil ina luí
dó.

'Gheobhaidh mé bás i mo sheasamh, le mo
chlaíomh i mo ghlac agam, ar nós laoigh,' ar
seisean.

Tháinig sé ar ghallán mar sin agus
cheangail é féin de. Fiú agus é ag éirí lag
bhí greim dhaingean aige ar a chlaíomh.
D'fhéach sé timpeall agus é ag gáire os ard
faoi mheatacht a naimhde.

D'éirigh an lá dorcha agus chlúdaigh
scamaill dhorcha an ghrian.

More of Cúchulainn's enemies arrived and surrounded him but, although he was dying, they were afraid to come close to him.

Cúchulainn knew that he was dying but he did not want to die lying down.

'I will die standing up with my sword in my hand like a brave warrior,' he said.

He found a standing stone and tied himself to it. He gripped his sword tightly in his hand even as he became very weak.

Looking around him, he laughed loudly at the cowardice of his enemies.

The day grew dark as clouds covered the sun.

Ní raibh eagla ar Chúchulainn roimh
an mbás. Sheas sé ar feadh trí lá agus trí
hoíche ceangailte den ghallán. Ansin, faoi
dheireadh, d'fhág an anáil é agus fuair sé bás
le miongháire ar a bhéal.

Ní raibh a naimhde cinnte fós an raibh sé
beo nó marbh. Ó ba rud é go raibh sé fós
ina sheasamh bhí eagla orthu teacht i ngar
dó.

'Sílim go bhfuil sé beo fós,' arsa Lugaid.

'Níl sé ag bogadh ach tá an claíomh i
ngreim aige fós,' arsa a naimhde.

Ansin thuirling fiach dubh ar a ghualainn
agus thosaigh ag piocadh ar a chraiceann.

'Caithfidh go bhfuil sé marbh anois,' arsa
Lugaid. 'Mura mbeadh, bheadh an fiach dubh
sin fuar marbh.'

Cúchulainn was not afraid to die. For three days and nights he stood tied to the standing stone. Then at last he took his final breath and died with a smile on his face.

His enemies were still not sure if he was dead or alive and, since he was still standing, they were afraid to approach him.

'I think he is still alive,' said Lugaid.

'He's not moving but he's still holding his sword,' said his enemies.

Then a raven landed on his shoulder and began pecking at his flesh.

'He has to be dead now,' said Lugaid. 'If he was alive that raven would be long dead.'

Tháinig Lugaid gar do Chúchulainn ansin chun a cheann a bhaint de. Agus é ag tarraingt a chláimh, lonraigh solas as corp Chúchulainn agus thit a chlaíomh as a láimh faoi dheireadh.

Nuair a thit claíomh Chúchulainn scoith sé an lámh de Lugaid. Rith sé leis ag screadaíl agus uamhan air.

Tugtar Cloch an Fhir Mhóir ar an ngallán a raibh Cúchulainn ceangailte de. Tá sé fós le feiceáil gar do shráidbhaile Droichead an Chnoic, i gContae Lú.

Lugaid then came close to Cúchulainn so that he could behead him. Just as he went to draw his sword a light shone from Cúchulainn's body and his own sword finally fell from his hand.

As Cúchulainn's sword fell it cut off Lugaid's hand and he ran away screaming in terror.

The standing stone where Cúchulainn was tied is called Clochafarmore. It can still be seen near the village of Knockbridge in County Louth.

Other books in the
FADÓ IRISH LEGEND SERIES